L'ORIGINE

DE LA

ROSE-CROIX.

Cet Ouvrage se trouve à Paris, chez les F F.·. CAPELLE et RENARD, Libraires, rue J. J. Rousseau, et chez le F.·. CHAUMEROT, Libraire, au Palais-Royal, Galeries de Bois.

L'ORIGINE

DE LA

ROSE-CROIX,

POÈME;

Par C. DE PRADEL,

S∴ P∴ R∴ †, 32.ᵉ deg∴; Orat∴ de la ▭
les Croisés de la Palestine, or∴ de Lille.
Membre de plusieurs Sociétés littéraires.

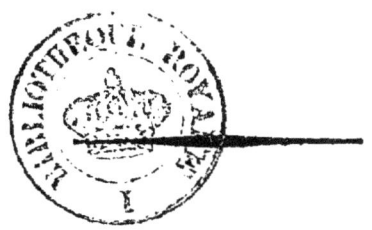

A LILLE,

DE L'IMPRIMERIE DU F∴ LELEUX.

1813.

AUX SOUVERAINS CHAP∴

DE L'AGE D'OR, DE LA TRIPLE UNITÉ ET DES SEPT ECOSSAIS REUNIS, A LA VALLÉE DE PARIS.

L'accueil flatteur que vous avez bien voulu faire à cet Ouvrage, en le votant à l'impression lorsque j'eus la faveur de vous en donner lecture, m'enhardit à vous prier d'en accepter la dédicace : daignez agréer cette faible production en reconnaissance des lumières que j'ai puisées dans votre sein, et comme un gage de mon attachement inviolable aux principes de la maçonnerie.

J'ai la faveur de vous saluer,

P∴ T∴ L∴ N∴ M∴ Q∴ V∴ S∴ C∴ et A∴ T∴ L∴ H∴ Q∴ V∴ S∴ D∴

C. DE PRADEL,

S∴ P∴ R∴, †, 32.ᵉ deg∴

L'ORIGINE

DE LA

ROSE-CROIX.

Il est enfin connu ce point mystérieux,
Sublime fondement de notre ordre pieux !
Brûlant de découvrir l'heureuse allégorie
De cette ROSE-CROIX, Rose à jamais chérie,
Nous repo...sions du tems la longue obscurité,
Et le tems à nos yeux cachant la vérité,
Ne nous offrait toujours qu'une muette image.
Il fallait de l'erreur dissiper le nuage :
Nous avons redoublé de constance et d'efforts,
Et du livre éternel découvrant les trésors,
Un rayon lumineux a pénétré les ombres,
Et des siècles passés éclairé les décombres.
Il paraît : et soudain jusqu'au fond de nos cœurs,
L'auguste vérité grave ses traits vainqueurs.

Tels on a vu jadis, sur de lointains rivages,
Pour chercher l'Enfant-Dieu, trois monarques, trois sages
Animés par la foi, se fier aux hasards;
Mille obstacles en vain s'offrent de toutes parts :
Incertains, accablés par un trajet immense,
Leur courage aux périls oppose l'espérance.
Mais hélas ! égarés au milieu des déserts,
Ils allaient succomber... Tout à coup quels concerts
Font retentir les cieux! cent voix aériennes
S'unissent aux accords des harpes phrygiennes;
Ils écoutent.... C'étaient les Chérubins en chœur
Et les Anges du ciel qui chantaient le Seigneur,
Tandis qu'un feu nouveau dans la céleste voute,
Du séjour desiré leur indiquait la route !

Mais quand la vérité me prêtant son flambeau,
Du tems et de l'erreur soulève le bandeau,
Fille du mont sacré, viens accorder ma lyre; (1
Toi que le Tasse heureux, dans un noble délire,
N'invoqua pas en vain pour chanter ces guerriers
Qui près du saint tombeau cueillirent des lauriers,

Comme au Tasse, à mes vers prête ton harmonie,
Anime mes accents du feu de son génie :
Il chanta les Croisés et leurs brillants exploits ;
Moi je veux célébrer et la Rose et la Croix.

Non loin des bords fameux où, d'une onde plaintive,
Le Jourdain en fuyant baigne à regret sa rive,
Auprès d'Hershalaïm s'élève dans les cieux (2
Une montagne aride, au front audacieux,
Dont le sol desséché, sans arbres, sans verdure,
Par son aspect sauvage attriste la nature.

C'est là que Jésus-Christ, après d'affreux tourments,
Expira sur la croix pour sauver ses enfants ;
C'est là que sans pitié des monstres parricides,
Outrageant leur victime et de son sang avides,
D'une fureur barbare épuisèrent les traits,
Quand Jésus-Christ mourant, pour prix de leurs forfaits
Leur disait : repents-toi, famille toujours chère ;
Pour qu'il t'ouvre le ciel, je vais prier mon père.

Comment se rappeler ce trépas glorieux,
Et voir sans intérêt l'oiseau mystérieux (3

Qui, serrant près de lui sa famille nouvelle,

Réchauffe ses petits, les couvre de son aile ?

Tendre sollicitude ! instinct présent du ciel !

Si ses enfans pressés, par un besoin cruel,

Font retentir de cris les échos du rivage,

Il cherche, va, revient, parcourt longtems la plage ;

L'espoir le guide encor sur l'abîme des mers ;

Il plonge mille fois au sein des flots amers :

Mais hélas ! c'est en vain ; sa famille souffrante

Est en proie aux tourmens de la faim dévorante !

On le voit, succombant sous des efforts nombreux,

Appeler ses petits, se traîner auprès d'eux,

Se déchirer le sein. . . De sa vive blessure

Le sang jaillit ; son sang devient leur nourriture :

Ils vivent, et leur père à ce prix perd le jour,

Et son dernier soupir est un soupir d'amour !

Sur la montagne sainte, au sommet du calvaire

On trouve les débris d'un temple solitaire,

Que les preux Chevaliers conduits par Godefroi,

Élevèrent jadis en l'honneur de la foi :

Dans ses parvis déserts la ronce tortueuse
Offre de toutes parts sa moisson épineuse,
Et le reptile impur qui fuit l'aspect du jour
De ses murs écroulés sillonne le contour.

Après avoir trois fois dans une guerre affreuse (4
Secondé de Louis la valeur malheureuse,
Et remporté trois fois d'inutiles succès,
Dans ces lieux révérés, neuf Chevaliers français
Conçoivent le dessein de venger leurs outrages.
Sans secours, sans appui sur ces lointains rivages,
Ils vont tous en secret près du vieux monument,
Silencieux témoin d'un si beau dévoûment,
Et là, se prosternant sur la terre chérie
D'où le fils de David rentra dans sa patrie, (5
Ils jurent par son nom de traverser les mers,
De répandre ses lois chez vingt peuples divers,
De ranimer partout cette héroïque audace
Dont les murs de Sion gardent encor la trace;
De réunir un jour tous les chrétiens épars
Sous les débris flottants de leurs saints étendarts,

Pour relever enfin Jérusalem conquise.

Mais combien de dangers menacent l'entreprise !

Il faut que la prudence en cache les ressorts ;

Il faut, pour diriger leurs courageux efforts,

Qu'éclairant en secret le nouveau prosélyte,

Un signe ingénieux au silence l'invite,

Afin que, rassemblés par un emblême heureux,

Ils reconnaissent tous leurs compagnons nombreux.

Au Dieu que nous servons, adressons nos prières

Dit l'un des chevaliers ; aussitôt les neuf frères

Ensemble vers le ciel exhalent ces accents :

O toi dont les bienfaits appèlent notre encens,

De tes fils, ô mon Dieu ! ranime le courage ;

Par un nouveau bienfait couronne ton ouvrage,

Et montre à nos regards le signe révéré

De nos succès futurs gage tant desiré,

Comme à ta voix jadis la colombe timide

Au reste des humains porta la branche humide

Qui rendit l'espérance à leurs cœurs malheureux.

Ainsi priaient encor ces guerriers généreux

Quand d'un pas étranger le bruit se fait entendre;

Des ruines du temple, on voit bientôt descendre

Un vieillard vénérable au regard paternel

Qui, s'avançant vers eux et d'un ton solennel :

Ne vous effrayez pas, Amis, de ma présence,

Si j'ai tout entendu, le plus profond silence,

Renfermant pour toujours vos projets dans mon sein,

Cachera le secret d'un innocent larcin.

Vous voulez, en tous lieux propageant vos mystères,

De leur symbôle auguste être dépositaires;

Daignez le recevoir de mes tremblantes mains.

J'ai consacré ma vie à servir les humains,

Et quand d'un jour nouveau je vais chercher l'aurore,

Qu'au moins mon dernier jour leur soit utile encore !

Ainsi dit le vieillard : cependant les neuf preux

Etonnés, incertains, se regardaient entre eux :

D'une feinte candeur on voit souvent le crime

Affecter les dehors pour tromper sa victime;

Ils balançaient. . . . Amis, j'aime votre embarras,

Ajoute l'inconnu; quand bravant le trépas,

Vous venez d'embrasser une cause si sainte,
La vertu qui vous guide ennoblit votre crainte ;
Mais je dois dissiper un injuste soupçon,
Et si la vérité blessait votre raison
Ne précipitez pas un jugement peu sage.

D'onze siècles passés se compose mon âge :
Alors qu'en ces climats le fils de l'Eternel
Naquit pour effacer le crime originel,
J'existais. Jeune encor, sa voix, sa voix touchante
Me força d'admirer cette vertu constante
Dont sa religion embrase tous les cœurs.
Témoin de ses bienfaits, comme de ses malheurs,
Je le suivais le jour où, près d'une fontaine,
Il dissipa l'erreur de la Samaritaine ;
Le jour où, du Lazare en proie au mal affreux
Qui dévorait aussi le tyran des hébreux,
Il calma d'un regard la cruelle souffrance ;
Le jour où, regrettant son heureuse innocence (6
La Madeleine en pleurs, tombant à ses genoux,
N'osait plus espérer de fléchir son courroux,

Quand il lui dit : allez, pleurez, je vous l'ordonne,
Vous avez tant aimé que le Ciel vous pardonne !
Je le suivais encor le jour où, l'œil hagard,
Sur ses pas accourut un malheureux vieillard ;
Fils de Dieu, lui dit-il, vois ma douleur amère ;
Je suis seul dans le monde et pourtant je suis père :
La mort, l'affreuse mort me ravit mon enfant ;
Rends-moi mon fils, Jésus, mon fils est expirant !
A ces mots saisissant le manteau qui le couvre,
Il l'entraîne avec soi : la triste porte s'ouvre ;
Nous volons au secours de ce fils bien-aimé,
Mais nous ne trouvons plus qu'un corps inanimé.
Peignez-vous la douleur de l'infortuné père !
Pourtant il doute encore, il se flatte, il espère ;
De son malheureux fils, il va presser le sein,
Et le froid de la mort répond seul à sa main :
Son avide regard, sur sa tête chérie,
Appèle un mouvement qui décèle la vie,
Vain espoir ! insensible au regard paternel
Son corps ne promet plus qu'un silence éternel.

Je ne vous dirai pas quel désespoir horrible
Vint déchirer le cœur de ce père sensible,
Quels transports l'agitaient...Ces moments furent courts;
De son affliction interrompant le cours,
Jésus sur son enfant leva sa main amie,
Et d'un souffle divin le rendit à la vie !

Enfin quand le Sauveur condamné sans pitié,
Par ceux qu'il chérissait honteusement lié,
Et retenant toujours le poids de sa justice,
Trahi, chargé de fers, marchait vers le supplice,
Trop docile témoin de tant d'iniquités,
Je marchais avec lui pleurant à ses côtés.
Le front couvert de sang, de sueur, de poussière,
C'est ici qu'achevant sa pénible carrière,
Il vit percer de clous ses membres palpitants,
Et du sang le plus pur des bourreaux dégouttants
Insulter à ses maux par un affreux sourire :
Un dernier coup enfin termina son martyre.
Mais, quel prodige alors vint s'offrir à nos yeux !
A peine l'esprit saint remontait vers les cieux,

A peine Jésus-Christ à sa douleur succombe,

Que l'on voit dans les airs planer une Colombe :

Sur la croix du Seigneur l'oiseau d'un vol léger

Descend, et du Très-haut fidèle messager,

Déposant sur son front l'auréole immortelle,

Le couronne de fleurs plus blanches que son aile.

Cependant de sa mort marquant l'instant fatal,

Une invisible main a donné le signal;

La foudre retentit, tous les échos répondent, (7

Les éléments frappés, s'agitent, se confondent;

Des nuages obscurs par l'Aquilon poussés

Cachent le ciel vengeur sous leurs monts entassés :

La terre tremble. . . au loin dans la plaine mouvante

Les bourreaux en fuyant, portent leur épouvante.

Mais le Sauveur de l'homme est rentré dans le ciel :

Il prie, et d'un regard l'Architecte éternel

Rappelant sous ses lois le feu, la terre et l'onde,

Rend l'espoir aux mortels et l'harmonie au monde.

Demeuré seul auprès de l'arbre des douleurs,

Je contemplais Jésus; de son front ceint de fleurs

Tout à coup à mes pieds vient tomber une Rose ;
Je la saisis : grand Dieu, qu'elle métamorphose !
Plus blanche que le lys, en roulant sur son cœur,
Une goutte de sang a changé sa couleur !
Le vieillard, à ces mots, découvrant sa poitrine,
Fait voir aux chevaliers cette Rose divine.
Je vous confie, Amis, ce gage précieux
De la mort de Jésus, témoin mystérieux ;
Qu'il rappèle à vos cœurs, ses bienfaits, son supplice ;
Au signe de la croix que votre main l'unisse,
Et l'Ange du Seigneur restera près de vous.
Il dit ; les chevaliers tombent à ses genoux ;
Ils sentent redoubler leur force, leur courage ;
Et dans le même instant au milieu d'un nuage,
Le vieillard disparaît : un radieux éclair
Brille et fuit sur ses pas dans les plaines de l'air.

Aux heureux chevaliers le mystère s'explique,
Quand l'Ange du Seigneur d'une voix prophétique
Fait entendre ces mots : Guerriers, suivez mes lois,
Et vous triompherez par la Rose et la Croix.

NOTES DE L'ÉDITEUR.

LES fictions sont essentiellement du domaine de la Poésie. L'Auteur en s'emparant de quelques unes de celles dont on a orné la vie du Christ a usé de son droit de Poète : en rétablissant autant qu'il est en moi la vérité des faits, je remplis mon devoir d'annotateur et de maçon. Ce n'est pas à un *enfant de la lumière* qu'il convient de propager les erreurs et de cacher la vérité.

1) Fille du mont sacré, viens accorder ma lyre ;
   Toi que le Tasse heureux, dans un noble délire,
   N'invoqua pas en vain pour chanter ces guerriers
   Qui près du saint tombeau cueillirent des lauriers ;
   Comme au Tasse, à mes vers prête ton harmonie.

Le Tasse ne nomme pas la Divinité qu'il invoque en commençant sa Jérusalem délivrée : voici cette invocation qui brille des plus belles couleurs de la Poésie.

   O Musa, tu, che di caduchi allori
   Non circondi la fronte in Elicona,

Ma su nel Cielo infra i beati cori
Hai di stelle immortali aurea corona;
Tu spira al petto mio celesti ardori,
Tu rischiara il mio canto; e tu perdona
S' intesso fregj al ver, s' adorno in parte
D' altri diletti, che de' tuoi, le carte.

O Muse, ô toi qui ne ceins point ta tête d'un périssable laurier cueilli sur l'Hélicon; toi qui habites dans l'Olympe, au milieu des célestes chœurs; toi dont le front est couronné d'étoiles immortelles! ô Muse, allume dans mon sein une ardeur divine; enflamme mes chants; pardonne, si j'orne la vérité de fleurs, et si je répands, sur mes vers, d'autres charmes encore que les tiens!

Traduction du prince LE BRUN.

2) Auprès d'Hershalaïm s'élève dans les cieux
Une montagne aride, au front audacieux,
Dont le sol desséché, sans arbres, sans verdure,
Par son aspect sauvage, attriste la nature.

Cette description a quelque chose d'exagéré qui convient à la Poésie; mais s'il est permis au Poète d'outrer la mesure des choses pour produire de l'effet, il est du devoir de l'historien de rétablir la vérité. Le mont calvaire était une petite éminence anciennement située hors de Jérusalem; c'est là que l'on exécutait les criminels condamnés à mort. Aujourd'hui il est renfermé dans l'Eglise du saint Sépulchre dont l'érection est due en partie à la piété de Sainte Hélène.

Hershalaïm est le nom hébreu de la Cité sainte. Les Grecs dont l'oreille, accoutumée à l'harmonie de la plus belle langue du monde, était choquée de la rudesse de ce nom, l'ont changé en celui de Jérusalem.

3) Et voir sans intérêt l'oiseau mystérieux
　Qui serrant près de lui sa famille nouvelle,
　Réchauffe ses petits, les couvre de son aile.

« Le Pélican, dit Buffon, est plus remarquable,
« plus intéressant pour un naturaliste par la hauteur
« de sa taille et par le grand sac qu'il porte sous le
« bec, que par la célébrité fabuleuse de son nom,
« consacré dans les emblèmes religieux des peuples
« ignorants : on a représente sous sa figure la ten-
« dresse paternelle se déchirant le sein pour nourrir
« de son sang sa famille languissante; mais cette fable
« que les Egyptiens racontaient déjà du vautour, ne
« devait pas s'appliquer au Pélican, qui vit dans
« l'abondance, et auquel la nature a donné de plus
« qu'aux autres oiseaux pêcheurs une grande poche
« dans laquelle il porte, et met en réserve l'ample
« provision du produit de sa pêche. »

Il se peut que toutes les merveilles que l'on a
racontées du Pélican soient fabuleuses ; je le crois
même puisque Buffon l'affirme si impérieusement ;
mais il faut convenir que c'est dommage : il serait
difficile de trouver un plus bel emblème de l'amour
paternel.

4) Après avoir trois fois dans une guerre affreuse
   Secondé de Louis la valeur malheureuse,
   Et remporté trois fois d'inutiles succès...

Il est évident pour les bons esprits que les *Croi-
sades* ont été funestes à toute la chrétienneté.
Les avantages que les Arts d'occident ont pu retirer
de notre contact avec les orientaux sont loin de com-
penser la perte de 300,000 chrétiens détruits sur les
bords du Danube et dans les plaines de la Bythinie,
lors de la première Croisade, et d'un nombre d'hommes plus considérable encore sacrifiés dans les autres.
Cependant quelques historiens modernes ont essayé
de les justifier : il y en a même qui ont poussé le zèle
plus loin. M. de Châteaubriant prétend qu'elles furent
utiles, et il ne paraît pas éloigné de penser que l'on
ferait assez bien de recommencer une de ces saintes
expéditions : il est vrai que ce bénévole Écrivain
voudrait bien aussi ramener les esprits au niveau du

13.ᵉ siècle, et nous devons avouer qu'il travaille à
cette digne œuvre avec toute l'ardeur d'un nouveau
converti.

5) Et là se prosternant sur la terre chérie
   D'où le fils de David rentra dans sa patrie.

La généalogie de Jésus, comme fils de David, n'est
pas extrêmement facile à expliquer. « Les Théologiens,
« dit Voltaire, ont écrit des volumes pour tâcher de
« concilier sur ce sujet les Evangélistes S.ᵗ Mathieu
« et S.ᵗ Luc. Le premier ne compte que vingt-sept
« générations depuis David par Salomon, tandis que
« Luc en met quarante-deux et l'en fait descendre par
« Nathan. » *Non nostrûm inter eos tantas componere
lites.*

6) Le jour où, regrettant son heureuse innocence,
   La Madeleine en pleurs, tombant à ses genoux,
   N'osait plus espérer de fléchir son courroux,
   Quand il lui dit : allez, pleurez, je vous l'ordonne;
   Vous avez tant aimé que le ciel vous pardonne !

Les gens qui trouvent la morale chrétienne trop
austère, n'ont sans doute pas médité sur ce pardon
généreux accordé par Jésus à la pécheresse Madeleine,
pardon que le Prédicateur Segaud a eu la complaisance
de justifier dans ce passage : « Si Madeleine n'avait eu

« qu'un amour médiocre elle n'aurait été célèbre ni
« par ses désordres; ni par sa conversion; mais parce
« qu'elle a beaucoup aimé, l'évangile a pris soin de
« purifier ses vices et ses vertus. »

Serm. tome III, page 123.

7) La foudre retentit, tous les échos répondent;
Les éléments frappés s'agitent, se confondent;
Des nuages obscurs par l'Aquilon poussés
Cachent le ciel vengeur sous leurs monts entassés:
La terre tremble... au loin dans la plaine mouvante...

Cette circonstance d'une éclipse de Soleil en plein
midi et d'un tremblement de terre arrivés à la mort
de Jésus, prêtent beaucoup à la Poésie; mais il est
permis de douter de leur authenticité. Flavien Josephe,
l'homme du monde qui raconte le plus de prodiges,
n'en fait aucune mention dans son livre : il est vrai
qu'il ne parle pas d'avantage de l'étoile des Mages et
que tous les écrivains du tems gardent le même silence. Les hommes sages infèrent de là que ces grands
évènements pourraient bien être de l'invention de
quelques esprits fanatiques postérieurs à Josephe et
aux historiens romains.